# Crumbs on the Stairs

# Migas en las escaleras

## A Mystery

Escrito e ilustrado por
Karl Beckstrand

para Gregory y Hysen

This book available in English-only, Spanish-only & ebook versions: Premiobooks.com

Spanish vowels have only one sound each:

A = "ah" E = "eh" I = "ee" O = "oh" U = "oo"

In Spanish, the letter *J* is pronounced as an English *H* (and the letter *H* is silent). *Qu* sounds like a *K*, and *ll* sounds like a *Y* (or a *J*, in some countries).

Aunque se escriben diferente, todas las palabras que encuentres en inglés en este libro y que terminen en -ear, -ere, -air(s), -are(s), y -aire tienen el mismo sonido al terminar: *-er.* En inglés, la *H* no es muda; se pronuncia como la *J* de español. *Crumbs* se pronuncia: *kramz*.

# Crumbs on the Stairs

**Published by Premio Publishing & Gozo Books, LLC**
Midvale, UT, U.S.A.

Library of Congress Catalog Number 2005939080
ISBN-13: 978-1479170715

Images of Linda Ronstadt and the Mamas & the Papas used with permission.



Gozo Books

Premio Publishing

# Crumbs!

# ¡Migas!

Cuenta cuántas veces aparece el oso.

Would you care to compare where the bear makes his lair? (*Count him!*)

# Crumbs on the Stairs!

# ¡Migas en las escaleras!

There are crumbs

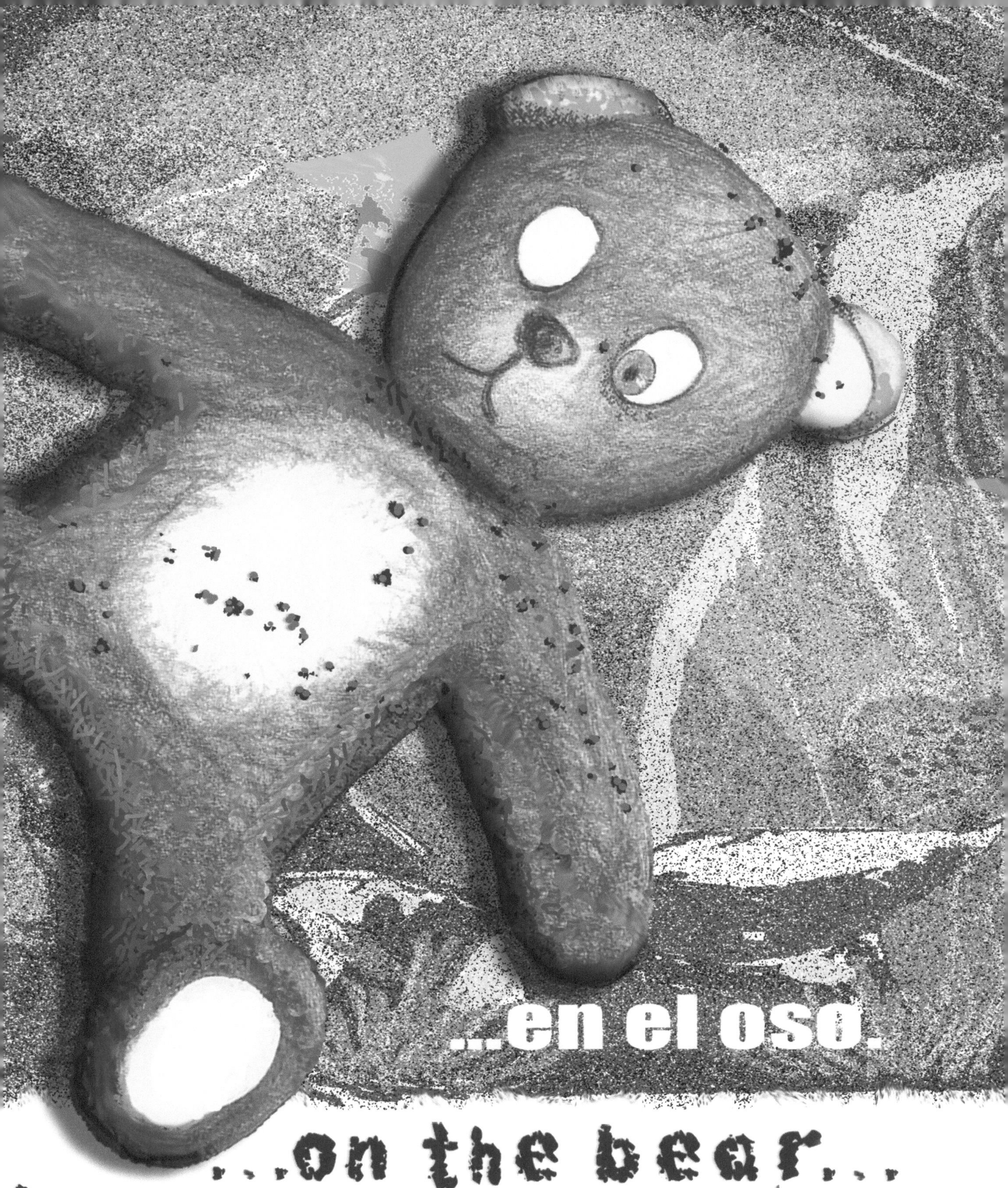


...on the bear...

Hay migas en los
“circulos”
y en los
“cuadrados”
There are crumbs on the “circles” and “squares”
GREATEST HITS

(and the tear in the chair).

(y en el desgarrón de la silla).

In fact,
¡De hecho,

there are crumbs...
hay migas...

EVERY
...en todas

WHERE?
partes!

Y si tú te fueras a fijar

en tu prima rubia, Claire,

¿que hallarías

en su cabello?

And if you

were to stare

at your fair cousin,

Claire, what would you

find in her hair?

crumbs!
¡Migas!

who
when
cuándo
quién

where
?
dónde
what
qué
how
cómo
why
por qué

Now,
Javier would swear
—if you asked
(with a glare)
just why
there are crumbs...

Ahora, Javier juraría
–si le preguntaras
(dándole una mirada severa)
por qué hay migas ...

...on the bear, and the chair, and the hair of your fair cousin, Claire...

...en el oso, y en la silla, y en el cabello de tu prima rubia, Claire...

–they are there 'cause he wanted to...

–están ahí porque él quiso...

Sha

e!
Compartir!

# The End

The bear appears five times (seven, counting the cover).

El oso aparece 5 veces.

# Fin

CPSIA information can be obtained
at www.ICGtesting.com
Printed in the USA
LVHW072149201120
672266LV00004B/109

* 9 7 8 1 4 7 9 1 7 0 7 1 5 *